우리는 연인

시아기획시집 **005**

우리는 연인

안창모 제2시화집

인쇄일 ┊ 2023년 10월 25일
발행일 ┊ 2023년 10월 31일

지은이 ┊ 안창모
펴낸이 ┊ 김명수
펴낸곳 ┊ 도서출판 시아북(詩芽Book)
출판등록 ┊ 2018년 3월 30일
주소 ┊ 대전광역시 동구 선화로214번길 21(3F)
전화 ┊ (042) 254-9966, 477-8885
팩스 ┊ (042) 367-2915
E— mail ┊ siab9966@daum.net

값 15,000원
ISBN 979-11-91108-84-2(03810)

시아기획시집 005

우리는 연인

안창모 제2시화집

시아북
詩娥BOOK

상실의 축복

나태주(시인)

안창모 시인은 이미 한 권의 시집을 낸 시인입니다. 시집을 낸 지가 얼마 안 되는 것 같은데 다시금 시집 원고를 보내왔습니다. 그만큼 시를 행한 마음이 열렬하고, 시심 또한 왕성하다는 얘기가 되겠습니다.

나이가 적은 분이 아닙니다. 이미 70을 넘어 80을 바라보는 노년인데 이렇게 시심의 분출이 강력한 것을 보면 의외이다 싶습니다. 그것도 노년의 신세 한탄, 즉 질병이나 늙음에 대한 것이 아니고 그리움이나 사랑에 관한 것이라서 더욱 의외라는 생각입니다.

솔직히 말해서 이 분은 나이를 거꾸로 먹는 게 아닌가 싶은, 그런 생각이 듭니다. 시의 표현이나 어법은 다분히 서툴고 생경합니다. 무언가 부족한 듯한 느낌도 없지 않습니다. 그러나 그런 점이 바로 그의 시를 새롭게 신선하게 해주고

드디어 감동에 이르게도 합니다.

놀라운 일입니다. 노년에 회복한 청춘이 신기하기까지 합니다. 나는 그 원인을 이분의 상실에서 찾고 싶습니다. 물질이나 사업의 상실이 아니라 인생의 상실입니다. 사람은 누구나 상실을 겪으면서 삽니다. 하지만 그 상실을 제대로 받아들이면서 이상적인 그 무엇으로 바꾸는 사람은 그다지 많지 않습니다.

안창모 시인이야말로 자기 인생의 상실을 가장 아름다운 그 무엇으로 바꿀 줄 아는 방법을 터득한 사람입니다. 어쩌면 그것은 그의 순후한 인간성에서 오고, 젊은 시절부터 가까이한 미술, 추상화의 능력에서 오지 않나 싶습니다. 그는 그렇게 젊은 시절부터 예술가로서의 깊은 수련을 게을리하지 않았던 사람인 것입니다.

그러니까 오늘날 안창모 시인의 시작품이 그냥 저절로 불쑥 솟아난 것이 아니고 오랜 기간 준비되고 감추어졌던 것들이 드디어 꽃으로 피어난 결과란 말씀입니다. 이것은 쉬운 일 같지만 결코 쉬운 일이 아닙니다. 누구에게나 가능한 일 같지만 또 그렇지 않은 일입니다.

늘 준비하고 노력하는 자에게만 허락되는 은택이요 아름다운 그 세계입니다. 인내심을 가지고 기다리는 사람에게만 주어지는 특권이기도 합니다. 이제 안창모 시인은 시의 표현을 오로지 자기답게 하는 길을 터득해 아는 것 같습니다.

　일단, 시의 내용은 고백이요 하소연입니다. 그리고 시의 표현은 대화법이고 의인법입니다. 그걸 안창모 시인은 스스로 체득하여 자기 것으로 한 것으로 보입니다. 게다가 이제는 시의 특수성과 함께 보편성을 더불어 갖추는 데에 성공을 보인 작품이 여럿 있습니다. 동양 정신의 근본은 모순의 미학에 있습니다. 思無邪, 溫故知新, 樂而不淫, 哀而不傷, 華而不侈, 儉而不陋, 貧而無諂, 富而無驕… 등이 고루 그런 뜻의 변주입니다.

　가령 이런 작품은 시인만의 독특한 세계를 열었다 하기에 주저 함이 없는 작품입니다. '서로/ 눈이 멀어/ 좋아하다가// 여보, 당신 하며/ 살다가// 손자 손녀/ 손잡고/ 걸어가는 것.' 이것은 '행복2'라는 작품입니다. 이렇게 이 시집 속에는 이런 류의 간결하면서도 임팩트 있는 작품이 여럿 들어 있습니다.

　마땅히 축하하고 축복한 일입니다. 나이가 들기는 했지만, 아직도 남아 있는 마음의 물기에 대해서 축하하고 시를 써서 마음을 달래고 삭막한 나날의 삶을 풍요하게 할 수 있음에 축하하고 이런 시로 하여 새로운 인간관계와 소통이 열리게 됨을 축복합니다.

앞으로 계속 독자들이 동감하는 좋은 시를 써서 사랑받기를 기대해 봅니다.

다시금 좋은 시집을 내는 시인에게 축하의 마음을 전합니다.

2023. 10.

당신이 제 시를 읽고
옛 사랑이
그리워지면 좋겠습니다.

당신이 제 시를 읽고
누군가
사랑하고 싶어지면 좋겠습니다.

2023. 10.

용인 마북산록에서 안창모

차례

제1부 그대에게

제2부 우리는 연인

제3부 기러기 이야기

제4부 사랑은

제5부 어느 시인

제6부 이루어지겠지

/ 서양화가 안창모 시화집 /

우리는 연인 2집

A.C.M.

제1부

그대에게

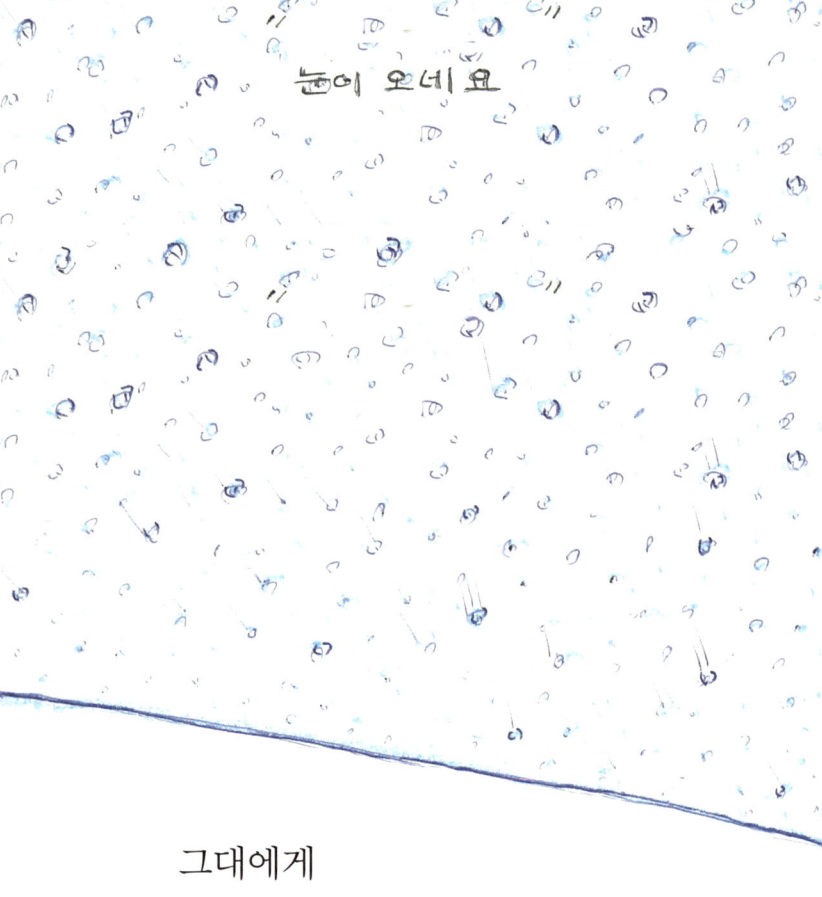

그대에게

눈이
오네요

네가 좋아

전화기 속에서 듣던
그 고운 너의 목소리

그리고 갈대숲을 손잡고
거닐던 따스한 손

지난 토요일
공원 벤치에서
너의 머릿결 냄새

지금 생각해도
그냥
네가 좋아.

12월

혹여, 혼자 서러워
울었을지도 모르는
12월이구나

떫은 아그배라도
이 세상이
무릉도원이라고 했지

그래, 활짝 웃으며
손잡고 데이트 길
걷자구나

야호!
펑펑 쏟아지는 첫눈이네.

첫눈 오는 날

하얀 사랑1

온 산야
흰 눈으로
쌓이고

우리에
사랑도
하얗게 사랑으로
쌓이고.

스님을 보며

아주 오래 전
이별 너무 아파
속세를 떠나
스님이 될까 했지

오늘
법당에
스님을 보며
속세 아픔
잊었을까

목탁 소리로
전해오는
?표 하나.

보고픈 그대

책장을 정리하다
책갈피 속
눈물로 쓰여 진
그녀의 편지

"이 편지 마지막이 될지
  모르겠네요.
  행복하세요"

세월이 가고
나도 가고
이제는
내 이름도 잊었을까
보고픈 그대

비는 오는데…….

바람은

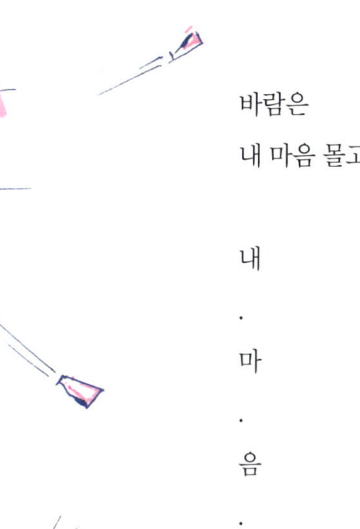

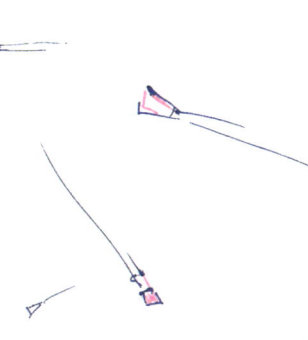

바람은
내 마음 몰고

내
.
마
.
음
.
은

그리움 몰고.

A.C.M.

그대앞 봄바다

젊은 날에

A.C.M

사랑의 언어1

공주님
어서 일어나세요
바지락에
떡국라면 끓였어요
이번엔
초코커피도 있어요
어~
국물 다 쫄았네

나 일어났어요
오빠 이번엔
양념수프 안넣고
맹물라면 끓였지요.

사랑의 언어2

아이스크림 사가지고
공원 벤치로 뛰어와
알았어요
뛰어오다 넘어졌어요
에그, 다 녹았네
아이스크림 사랑 다 녹았네

그러면 나보고 뛰어 오라고
전화 하지 그랬어 에그, 바보

곁에 있던 서늘한 바람이 와서 말한다
나랑 함께 가자고 하지 그랬어요
맹꽁이 아씨님

바보래도 좋아
맹꽁이래도 좋아
나는 나는 그냥 좋아.

사랑의 언어3

자 ~
눈감어
새끼손가락 걸고

하나 ~
둘 ~
셋 ~

나
무슨 생각 했게?

기다림 1

하루 종일
비가 내렸다

수평선 저 멀리
떠있는 배 하나.

그대는1

그대는
이슬방울처럼
풀꽃처럼

그리운
첫사랑.

섬마을 선생님

아주 먼 옛 날
바닷가
파도리초등학교에
총각 선생님 오셨대요

순희는
선생님 손잡고
달빛소리 파도소리
밤 깊은 줄 몰랐대요

선생님은 서울로 가고
순희는 파도소리
바위가 되었대요

그 애틋한 사랑
지금도 노래로 불려진대요
섬 마을 선생님.

노처녀 왈 홀아비 왈

아가씨는 젊어서
예뻤었지요?

말하면 잔소리지요
남자들이 죽자 살자
줄을 섰었지요

아~, 그랬었군요

아저씨는 왜
혼자 사세요?

이래 봬도
내가 다니던 회사엔
아가씨가 100명도 넘었는데
쓸 만한 애가 없드라고

아~, 그랬었군요.

그리움

오늘도 그대

보
·
고
·
파
·
하
·
는
·
것

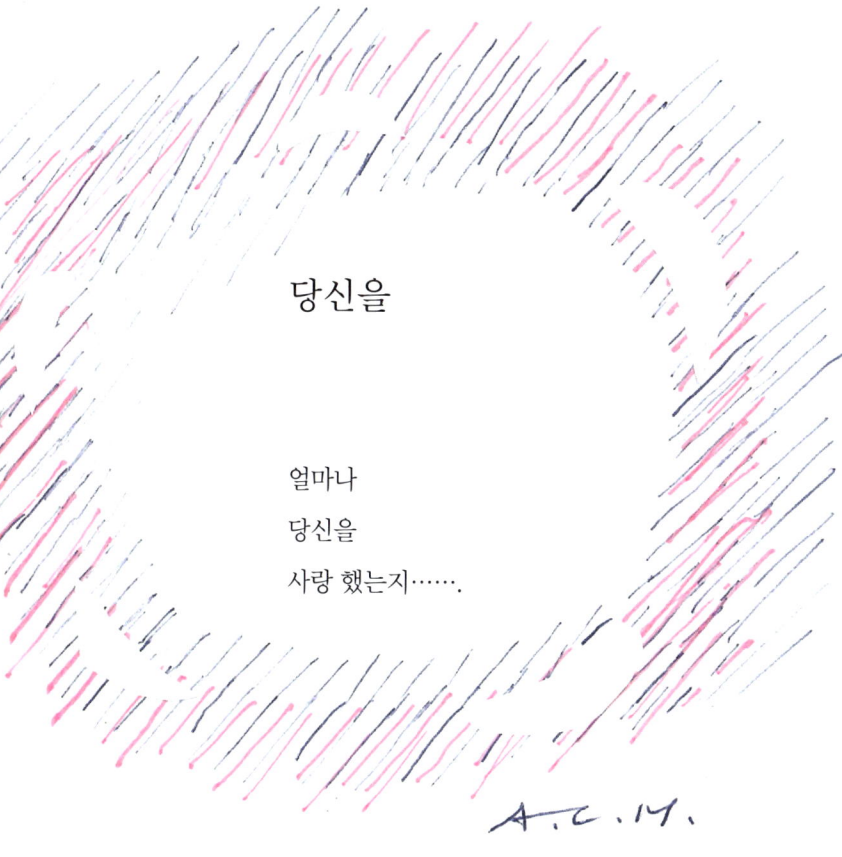

당신을

얼마나

당신을

사랑 했는지…….

A.C.M.

사랑의 언어4

보고 싶었어요
전화하지 그랬어
전화속엔 얼굴 안보여요
목소리는 들리잖아

ㅎㅎ
ㅋㅋ
에그, 바보
좋았지비
옛써얼
자기야 그치

보이지 않아도 보는 것 같고
들리지 않아도 들리는 것 같고.

저푸른 초원위에

A. ㅁM.

행복1

최진사 댁 잔치 날
거지 부부는
고기국도 얻어먹고
술지검도 실컷 얻어먹고

곤드레 만드레 술 취해
"저 푸른 초원위에 그림 같은 집을 짓고"
노래 부르다가
진사 댁 짚 누리에
잠들었대요.

순희

초등학교 4학년 때
옆 짝꿍
소풍 가던 날
아이스케이크
반 먹고 남겨
내게 준 순희

서울로 이사 가던 날
편지 한다고 했지
세월에 편지는
왕십리 산다든가
LA로 갔다는 등

어디에 살고 있는지
누구 소식 알고 있는 사람 있는지.

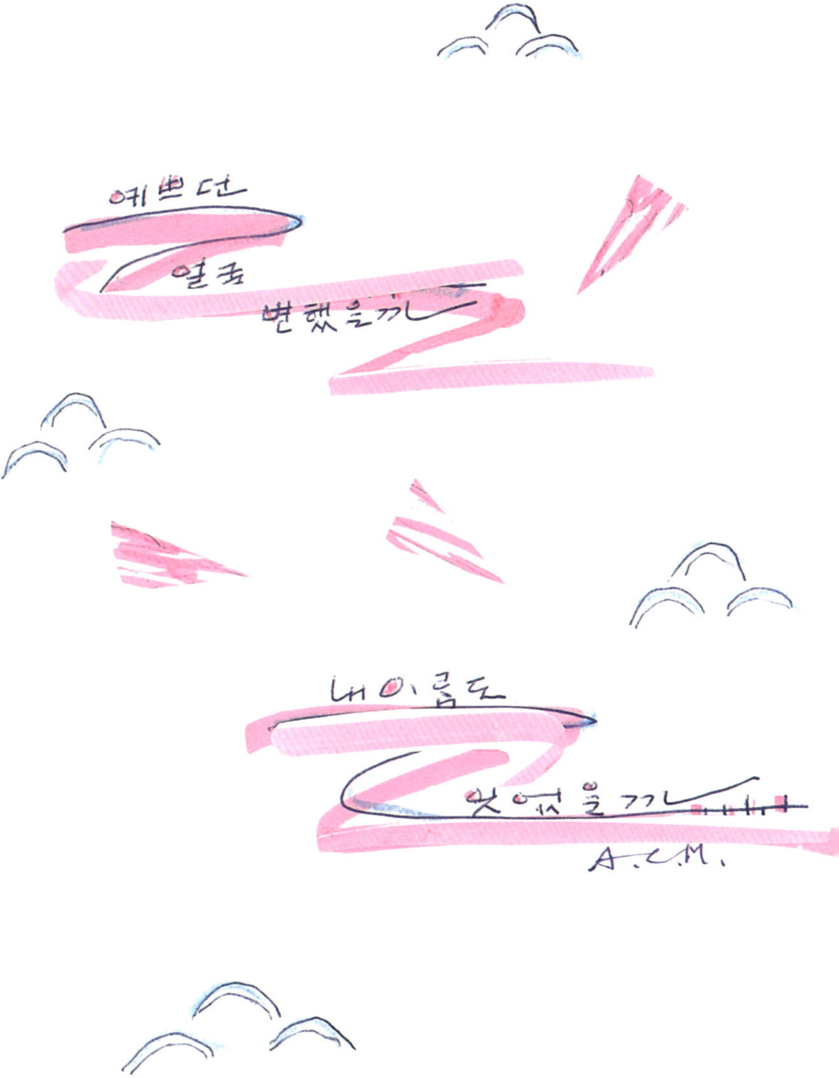

예뻤던
얼굴
변 했을끼

내이름도

잊었을끼

A.C.M.

먼 후일 그리움은

먼 후일 그리움은
눈꽃으로 설화雪花로
피어나려나.

* 설화고등학교 개교기념식수 글

제2부

우리는 연인

우리는 연인1

내가 단상에 오르면
탤런트 가수가 왔나
하트모양, V자 손가락 모양
손을 흔들며
야호 야호
소리 소리 지르며
마지해 주는 반가운 함성

내가 그대들의
친구인가 형인가 오빠인가
형부인가 애인인가 인형인가
반겨주는 전교생들

라일락꽃 피는 설화고 교정
그리움은 먼 후일 천상에서

눈꽃으로 설화로 피어나려나.

* 설화고등학교 교장 재임시

우네

또 펑펑 우네
할범 할멈 간다고

단태야
모네야

또 올게 기다려
아빠 엄마 말 잘 듣고.

* 안단태 : 손자, 안모네 : 손녀

오늘도 그대는

그렇게도
천사들이
질투했던
우리에 사랑

추억은
그리움으로 남아
오늘도 그대는
그리운 사람.

여고 시절

여고 시절
영어 시간
선생님은
에드가엘렌 포우의 시
아나벨리
낭송 했어요

˙아주 먼먼 옛 날에
바닷가 왕국에
아나벨리 라는
공주가 살았답니다
……
학생들은
아무도 모르게
선생님을 사랑했어요.

* 아주 먼~~살았답니다 : 에드가엘렌포우의 아나벨리 시 귀절

우리 사랑

두둥실

하얀 사랑2

눈이 오네요
온 산야
하얗게

눈이 쌓인 만큼
무지무지
당신을
사랑했어요.

A. L. M.

우리는 연인2

어제는
포장마차
오뎅 국물
호호 불며
추위 녹이고

오늘은
찜빵
호호 불며
무얼 녹이나.

행복2

서로
눈이 멀어
좋아하다가

여보, 당신 하며
살다가

손자 손녀
손잡고
걸어가는 것.

우리는 연인3

엊그제도
카톡

어제도
카톡

하루만
걸러도

마음 졸이는
카톡

오늘은
언제 오나?

어느 노부부 사랑

젊어서
짙은 핑크색 유니폼
티셔츠 입고
산책하던
부부

요즘은
옅은 핑크색 머플러
목도리 두르고
집을 나서네요
그 부부.

젊은 날의 추억

백사장
물결 따라
밀려오는 파도
발등을 적시고

우리는
손잡고
해변에 연가 부르고
걷고 또 걷고
별빛은 쏟아지고

하이얀 파도사랑
꿈이었나?

그대는2

청보리밭에
이는 바람
청풀른 파도 물결

청보리 캘리그라퍼
그대는
붓 끝에
청풍바람
일으키누나.

* 김순자 캘리그라퍼 필명 : 청보리

첫사랑1

등교 길
그 시간
마주치던
그 소녀

말을
걸어볼까 말까
망설이다가

어제도
오늘도
그냥 스쳤네

봄이 가고
여름이 가고
가을도 가고
그 한 해가 다 지나갔네.

사랑은1

오빠
"사랑 사랑 누가 말했나
　바보들에 이야기 라고"
그런 노래도 있대
오빠 우리도 바보인가
왜?
노래 가사에 그렇게 나왔으니까
우리는 바보 아닌데
바보 사랑이
더 짠한가……?

시, 그대는1

이태백은
춘야도리원에
달 띄우고

소동파는
적벽강에
배 띄우고

나태주는
풀꽃을
짝사랑하고.

가고파 다방

"내 고향 남쪽바다
　~ 꿈엔들 잊으리오"

이름도 좋은 가고파
가곡노래 가고파 있고

청주 중앙공원에는
연인들이 만나는
가고파 다방이 있고
우리에 첫 만남도
가고파 다방이었답니다

꿈엔들 잊으리오
지금도 가고픈 그곳

청주 가고파 다방
그대로 있으려나.

* 가고파 : 이은상 시가곡

사 랑 은

잡 기 래

술래잡기

사랑은
술래잡기래

그래
꼭꼭 숨어라
하나~ 둘~ 셋~
맹꽁아
나 어디 있게요

엉! 어디 갔지?
집에 갔나…….

전철에서 만나려나

좋아하는지
싫어하는지
속마음도
모르는 체 헤어지고

이제사
궁금하고
보고 픔은
웬일일까

한 번쯤은
전철에서 만나려나
......

만나면
무슨 말을
해야 하나.

첫사랑 인연

어느 날
등교 길에
쓰러진 여학생 보았어요
등에 업고
돈키호테처럼
땀 뻘뻘 뛰었어요
가슴은 쿵쿵
병원 문간 이르러 나는
정신을 잃고
쓰러졌나봐요

몇 시간이 지났을까
눈을 떠보니
그 여학생 내 손 꼭 잡고
날 보고 있었어요.

봉선화

해마다
엄마하고 언니하고
울밑에 심던 봉선화
언니는 형부 따라
L.A로 가고

올해도
엄마하고 나하고
울밑에 심은 봉선화
언니 얼굴로 피어나네

보고픈 언니
언제 오려나.

제3부

기러기 이야기

기러기

여보~ 우리는 왜
사람들이 결혼하는 날
꼭 상석 앞자리에
초대할까요, 우리를

글쎄 나도 모르겠어
기러기 아빠라는 말도 있고
일편단심 부부라는 말도 있고

그것은 아닌 것 같아요
˙기러기 울어 예는 하늘 구만리,
그런 말도 있고
저도 모르겠어요
아무튼 우리 인생 따봉이죠

그래용~

* 결혼식에 사용하는 목각 기러기: 금실 좋은 사랑 상징
* 기러기 울어예는~ : 박목월의 노래 가사 중에서

기다림2

하루 종일
눈이 내렸다

기적 소리 산모롱이로
멀리 사라져갔다.

노부부 이야기

크리스마스가 가까이 다가오면

극장을 갈까

까페를 갈까

무얼 사줄까

며칠 전부터 설레었지

그날이 오면

거리엔 캐롤송이 흐르고

연인들은 손을 잡고

우리도 싱글벙글 그렇게 했었지요

여보 할멈, 생각이 나나요?

명동거리 당신 구두 힐 너무 높아

뒤뚱뒤뚱 발 아프다고

업어 달라고 했지

제가 그랬었나요?
그런 일 없었는데

깜빡깜빡 치매인가
불쌍한 당신
자~ 할멈 내 손 꼭 잡아요
뒤뚱뒤뚱 걸어봅시다.

이국의 설날

고향이 그리워도 못가는 신세,
채송화 봉선화 분꽃피던 고향집
어느 해 눈이 많이 내리던 날
토끼 잡는다고 뒷동산 올라가고

옆집 광철이 순희는
지금도 고향집에 살고 있나
초등학교 동창 모임에선
내 얘기도 하려나
보고픈 친구들

아~ 미국에 가면
돈 많이 벌 수 있다기에
청운의 꿈 싣고 외항선을 탔지
오늘도 고향 바람은
태평양을 넘어
내게 불어오네

내 죽으면 부모님 곁에
잠들고 싶네
오늘은 이국의 설날
고향 향해 술 한 잔 따라 놓고
아버지 어머니 불러봅니다

손 한 번 잡아 보지 못하고
외식 한 번 사드리지 못하고
불효자는 웁니다
아버지 어머니…….

* 나훈아 노래 꿈에 본 내고향
* 고국에서 사는 사람도 고향을 그리워 하는데, 멀리 타향 이국에서 사는 사람
  들은 얼마나 고국이, 고향이 그립고 보고 싶을까 하는 생각에 지은 시

우리의 세상

눈을 뜨면
네가 있고

이슬방울에도 감사
풀꽃에도 감사
햇살에도 감사

우리의 세상.

사랑만은 않겠어요

사랑이

그렇잖아도

파도 앤듯 짧았자면?

A.C.M.

* 윤수일 노래가사를 바람 구름 하트사랑 이미지로 그려보았음

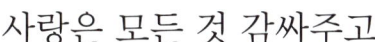

사랑은 모든 것 감싸주고

바보 온달은
평강 공주를 만나
결혼을 하고

어느 궁녀는
임금을 만나
왕비가 되고

사랑은 모든 것 감싸주고
그렇게 사는 것 아니려나…….

우리는 연인4

서초동 예술의 전당
한가람 갤러리
저마다 뽐내는
그림도 감상하고
커피도 마시고

갤러리 밖 음악당 뜨락
붉게 타는 감나무 아래
포즈를 취하고
우리 사랑 영원히 간직하고파
찰칵소리 카메라 렌즈
바라보았다.

성城을 쌓는다

그녀는
풀잎에
꽃잎에
이슬방울

그윽한
눈빛으로
다가온
신데렐라 공주

오늘도
그녀를 맞이할
성을 쌓는다
돌계단을 오르며.

할미꽃

옛날 옛날
아주 먼 옛날에
아주 아주
많이 많이 사랑한
노부부가 있었답니다

애뜻한 추억들은
세월을 넘고
바람이 되고

혼자 남은 할멈은
설움 안고
아물아물 기억의 끈 잡고
살았답니다

사랑도 한 순간

미움도 한 순간이었나

올해도 임의 산소에

임 그리워 피어납니다.

애! 잠자리야

잠자리 한 마리
날아와
빨래줄 바지랑대 위에
앉았다

잠시 있다가
가려는 듯
빙빙 돌다가
다시 앉았다

애! 잠자리야
가지마
나하고 얘기할까
나 외로워

알아들었는지
내 가까이
빙빙 돌고 있었다.

사랑은

사랑은
있는 그대로
좋아 하는 것
그냥
그냥
좋아 하는 것.

먹쇠는 소리소리 질렀답니다

먹쇠는
최진사 댁 문을 열고
들어가 넙죽 절하며
이실직고하였는데

최진사 왈
그래 우리 셋째 딸을
좋아한다고 알았다
"애야 딸년아 이리 와라 인사드려라"
하는 최진사

먹쇠는 너무 좋아
어쩔 줄 모르고
다시 또 넙죽 절하고 문 나서는데
진사 댁 머슴들이 몽둥이 들고
마당에 서있네

"비켜라 이 놈들아

　내가 누구인지 몰라보느냐"

먹쇠는 소리소리 질렀답니다.

그대는3

계절

·

세월

·

그리고

·

바람

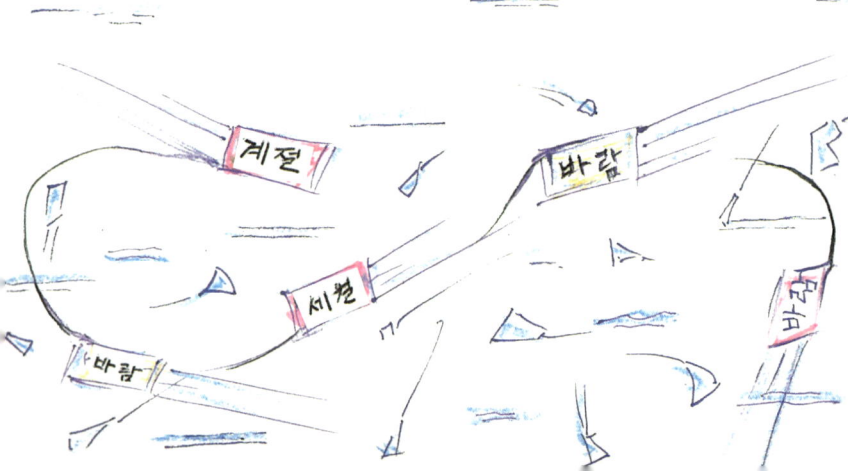

오늘도 나는

당신 곁에
있을래요

오늘도
나는.

우리는 연인5

전쟁의 슬픔은
Oh Danny Boy(아 목동아)
노래로 불려지고

여보세요 여러분
이제 과거는 과거대로
역사 속에 용서하고
이념을 넘어
꽃향기 가득한
지구 가든
가꾸지 않을래요

손에 손잡고
하늘과
땅과
사람과
만물을

사랑하며 사는

우리는 우리는 연인.

* Oh Danny Boy : 아일랜드 민담노래
* 아들을 전쟁터로 보내고 기다리는 아버지 이야기

기도하는 마음

사바하 사바하
나무대비 관세음
하는 마음

주님이여 믿습니다
아멘
하는 마음

모두가
하나님께
겸손한 마음

아브라 카타브라
바라는 뜻대로
이루어지리라.

그대

눈 내리는
겨울을
좋아 하던
그대

우리는
연인

하이얀 사랑.

내 사랑은 F학점

여러분은 이런 일 없었나요
대학입학 첫 학기
우리과 반은 미술과 학생들과
같이 수강을 하게 되었습니다

어! 저렇게 예쁜 학생이
나는 단번에 반해버렸어요
그리고는 매 수업시간 멀리서 그녀를
훔쳐보았어요
교양철학 시간이면 생각에 생각을 더해
용기를 내어 말을 걸어 보려 했지만
촌놈인 나는 겁쟁이였나
대쉬 한 번 못해보고
그녀는 쫑알 쫑알 틈을 주지 않고
친구들과 사라졌어요

안타까운 시간은
어느새 한 학기가 지나가고
2학기가 되어
그녀는 보이지 않았어요
그리고 내 학점은
F학점으로 날라 왔어요.

시, 그대는2

시
그대는

실화였다가
민담이었다가
픽션으로 갔다가

오늘은
무심의 낙서인가
내 마음 달래주는.

제4부

사랑은

사랑은2

두 집 사이
철천지 미움인데
로미오와 줄리엣
사랑 이야기 있고

수양대군 딸은
김종서 손자와
바위굴 속에 숨어
살았다는 민담도 있고

하나님 넓은 뜻
그곳에 있으려나.

고백

늘 내 곁에 있어준 당신
고마워요
내게 준 당신의 사랑
감사해요
이제는 내 사랑 드려요
사랑해요.

지구촌 이야기

우리 추장님 최고야
우리 부족장님 최고야
우리 임금님 최고야
우리 민족이 최고야
우리 국가가 최고야

아직은
우리 지구 최고야 없고
우리 우주 최고야 아득하고.

그리운 고향

구름도 쉬어가는 알프스
황간령 산기슭에
작은 오두막집 하나
달도 쉬어가고
별빛도 쏟아지고
뜨락엔 봉선화 채송화
생긋생긋 웃고
황금빛 노란 감 주렁주렁 열리면
까치가 놀러오고

민주지산 바람
상촌 바람
장척리 칠월은 청포도 익어가고
내장교는 그 옛날
징검다리 물레방아
꿈을 꾸고.

* 장척리 : 충북 영동군 매곡면 장척리
* 내장교 : 장척리 동구밖 물레방아간 징검다리 없어지고 놓아진 다리 이름

행복3

어제는
그이가
길가에서
붕어빵을
사가지고
왔어요

오늘
나는
무얼 사가지고
갈까.

첫 눈 오는 날

우리는 연인6

알프스 산기슭에

1
아주 먼 옛날에 높은 알프스 설산 마을에
한 소녀가 살았답니다
그 소녀는 해가 뜨면 언제나 깊은 산 계곡아래
개울가 바위 위에 앉아있었습니다
그 소녀는 산정에서 만년설이 녹아 흘러내리는 계곡을
하염없이 바라보았다

달이 가고 해가 가고 어느새 그 소녀는
흰머리 서리 노파가 되었습니다
마을 사람들은 그 노파를 쥬리할머니 또는
계곡바위 할머니라고 불렀습니다

2

마을 사람들은 아무도 왜 노파가
양지바른 산골짜기에서 혼자서 외롭게
사는지 몰랐습니다
어느 따스한 봄날 계곡에서
흐느끼는 소리가 들려왔습니다
마을 사람들은 그곳으로 달려갔습니다
노파는 젊은 청년을 껴안고 있었습니다

3

노파는 60년 전 알프스 산정을
사랑하는 연인 탐과 등반하고 있었습니다
하늘에 천사들도 그들의 사랑을
시샘하였습니다
어느 날 젊은 청년 탐은 계곡 절벽에
아름답게 피어있는 얼음 고드름꽃을 보았습니다.

4

젊은 청년은 사랑하는 애인 쥬리양을 위해
고드름꽃을 따주기로 마음먹었습니다
하늘에 여신은 젊은 청년을 만년설 깊은 계곡의
지옥으로 이사갔습니다

노파는 알프스 높은 산정 계곡에서
잃어버린 탐이 언젠가는
계곡의 얼음이 녹아 내려오면
탐도 따라서 내려올 거라고 믿었습니다

5

흐느껴 우는 노파의 품 안에는
60년 전의 탐이 누워있었습니다
탐의 손에는 고드름꽃이 아닌
작은 조약돌이
쥐어져 있었습니다.

알프스 설산 마을에

Tom의 손에는

Tom의 손에는 고드름꽃이 아닌
작은 조약돌이
쥐어져 있었습니다.

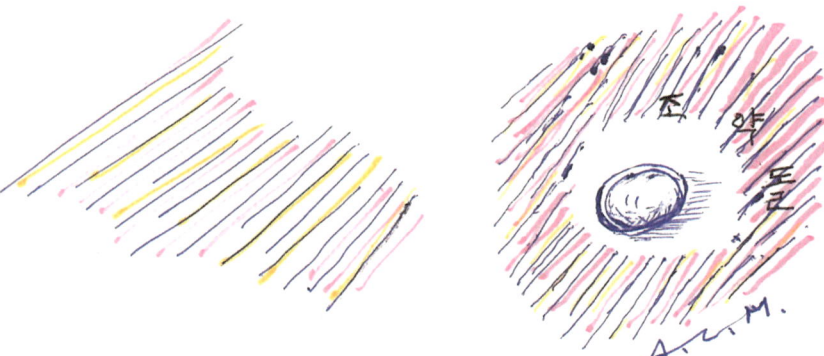

외로움

첫째도 가고
둘째도 가고
오늘은
셋째 막내딸
시집보내고
집에 돌아와
텅 빈 방문을 여니

와락 쏟아지는 눈물.

외동딸 시집 보내고

여보
이제 딸아이도
결혼시켰으니
우리 여행이나 하며
지낼까요?
그 건 그러구요
전 사위가 우리 집에 들어와
같이 살았으면 좋겠어요

그러고 보니
전에 딸만 주신다면
우리를 평생 잘 모시겠다고
넙죽 절하던 총각
생각이 나네.

사진을 보면

그대 보고플 때면
지갑 속 사진을 꺼내봅니다
그냥 조용히 보고 있노라면
당신은 말하는 것 같아요

"~씨 제가 어디가 그렇게 예쁜가요
  아무에게나 보여주지 마세요
  혼자만 보세요 알았죠
  약속하는 거죠"라고

말하는 것만 같다.

장미

우리가 초등학교 6학년 때
공주 같은 순희라는 애가 있었어요
순희는 꽃 중에 꽃 장미처럼
예뻤어요
남학생들은 모두 순희를
좋아했어요.

담임선생님은 순희를
장미라고 불렀어요
우리도 덩달아 순희를
장미라고 불렀어요

지금도 초등학교 동창회에 가면
그애 순희 장미 얘기 꼭 나와요
지금은 서울에서 산다든가
부산에 산다든가.

그 남자

카페에서
처음 만난 사람
티스푼으로
커피를 저어
내게 커피 잔을 건네주며
맛있을지 모르겠네요
하던 그 남자

이제와 생각하니
괜찮은 사람이었는데
밉지도 않았는데
내가 공주병에
걸렸었나

한 번쯤
보고픈 그 남자.

행복4

카페에서
친구 만나
종알종알 수다 떨다가

지하상가 눈요기
쇼핑 하다가
티셔츠 하나 사고

재래시장 들러
두부 한 모
콩나물 한 봉지
바지락 한 사발 사가지고 왔어요.

인생은

인생은
무얼 찾으려고
그리도 헤매나
찾고 또 찾고
돌고 또 돌아도
보이지 않고
술래잡기 제자리

오늘도
있던 자리 그 자리
빙빙 도는 그 자리
인생은.

그 길에서

옛날에 둘이서 걷던 길
언젠가는 한 번쯤 가보고 싶던 길
그리움 설움 안고 찾아왔네

그 때는
산새들도 마중 나오고
들꽃들은 춤을 추었지
여기가 그 길인가 저기가 그 길인가
세월이 너무 길었나, 알 수가 없네

지나온 길
허공에 꿈이었나
구름은 무심히 흘러가고
소슬한 바람 스쳐지나 가고
야속한 세월 허무했나
그 옛날 추억에 길
서성이며 눈물 글썽이네.

시인은

시인은
첫사랑 어떻게 고백할까
망설이는 마음
시 쓰는 마음

오늘도
그대 곁에 서성입니다.

어느 노부부

할멈 저 석양노을 좀 봐요
어느 새 우리도 석양노을 되었구려
당신은 볼수록 더 예뻐
새색시 때 보다 지금이 더 예뻐요

할범, 당신은 또 허풍이시구려
아니야, 정말 더 예쁘다니까
그래요, 난 당신의 허풍에 속아
시집 왔으니까요
내일도 모레도 그렇게 말해줄 거죠

말하면 잔소리지
우리 왕비님 우리 공주님
할범, 당신도 저 노을 보다 더 멋져요
할멈, 정말 내가 그렇게 멋져 보이는가.

사랑은3

사랑은
카톡을 하고
전화를 하고
문자를 보내고

사랑
달려가고
기다리고
함께 걷고

사랑은
그렇게 해도
배고픈 가봐.

제5부

어느 시인

어느 시인

어느
시인은
첫사랑
너무 아파
시를 썼대요.
풀꽃만
보아도
눈물 난대요.

* 어느 시인 : 나태주

이국에서

누렁소 풀 뜯던 미루나무 뚝방길
주렁주렁 노란 감 장독대 감나무
초가집 황토방 챙피해
선생님 가정방문 오시던 날
싸리문 뒤에 숨던 고향집

참외서리 수박서리 들켜 혼나고
무더운 여름날 시냇가 둠벙에
오이 띄우고 멱감던 친구들
부산에 사나 서울에 사나

고향에 산다는 삼식이는
우리 집 뒷동산 부모님 산소 길
지나면서 내 생각하려나
어제밤 꿈속에 고향집 감나무엔
까치가 울고 있었네.

젊은 날의 추억2

누가 내 러브스토리
젊은 날의 추억 없느냐고 물어온다면
참으로 애틋한 내 이야기 있지요
들어 볼래요
우리는 7년간 사랑을 했어요
하늘에 천사들도 시기했어요
꿈같은 우리 사랑을

그런데 왜 이별을 했나요
그래요 저도 모르겠어요
사랑이 깊으면 이별도 깊어진다는
그래서 지금도 미로의 아픔 속에서
해매이고 있어요

부럽네요 당신은 그런 추억도 있으니
저는 무심한 날들만 있었으니까요
에그 그러지 마세요 얘기 한 번 해봐요

당신도 그런 날들 있었지요.

다시 그 길에서

그렇게도 좋아했던 날들
꿈이었나 바람이었나
행복했던 추억들은
허허한 바람결에 나부끼고

그대 어디에 살고 있는지
예쁘던 얼굴 변했을까
소식도 없고
그대 웃던 모습 저만치서
손짓하며 다가오네

둘이 함께 걷던 길 찾아와
한참을 걸었네 마냥 걸었네
아카시아 향기는 그윽하고
풀꽃들은 하늘거리고
나는 길 잃은 사슴 되어
먼 하늘 빈 하늘만 바라보았네.

슬픈 일기

뜻밖의 인연에 감사도 하며
온 세상 내 것 인냥 착각을 했었나
자주 보냈던 편지들은 피지 못한 꽃봉오리로
슬픈 이야기 되었나
이별의 두려움에 돌아오는 길
긴 침묵에 상념 발길은 무거웠지

애뜻하고 원 없이 사랑했던 일
꿈같은 추억 속
기다림에 지친
스케치로 남겨둔 채
오랜 세월 흘렀는데

그대 왜 또 달님으로 찾아와 노크하는 가요
이제는 먼먼 전설의 이야기 되었는데
그냥 돌아가세요
그대 행복하기를 기도해 드릴게요.

첫사랑은

첫사랑은
인연이
아니래요

첫사랑은
그리움
아픔
이래요

그런
건가요.

천년 사랑

초등학교 3학년 때였든가
이웃집 소꿉 친구 진수와 순희는
병원 놀이 했어요

야! 진수야 팔 옷소매 걷어 올려봐
내가 주사 놔줄게
야! 순희야 그렇게 아프게
세게 놓기냐 살살 놓아야지
알았어 미안해
다음부터는 살살 해줄게

지금도 그들은
한 부부가 되어 살고 있대요
콩닥 콩닥 싸우며
살고 있대요.

우리는

우리는
망망대해
물결
헤쳐 가는
조각배
하나

우리는
꿈같은
사랑
하나.

라일락꽃 피며는

보고
…싶…은
…그대

우리는 연인7

그대와 나
종이배 타고
여행 갈까나.

고향이 그리워도

젊은 날의 추억3

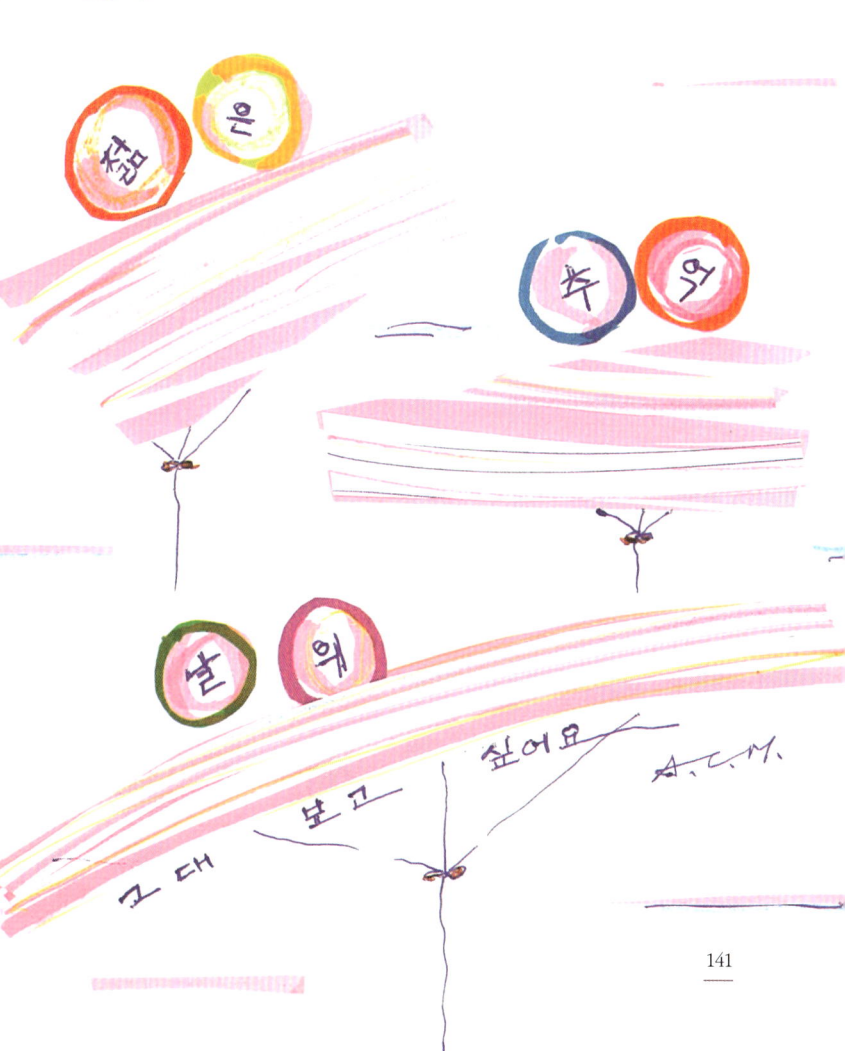

어쩌다
생각이 나겠지
둥근 달을
바라 보며는.

* 어쩌다 생각이 나겠지 : 패티김 노래 이별 가사

내 님은

그리움에
기다림은
달님으로
찾아왔나

오늘도
바라보는
내 님은
저 둥근 달.

석양 노을에

산등성 하늘 노을빛 가득하네
낙엽 진 나목들은 숨을 죽이고
추억들은 간간히 바람을 타고
흰 머리 가락 스쳐지나가네
그리움도 미움도 어쩔 수 없이
아련한 시간 속 헤매여 왔던가

오늘도 난 피노키오 연기를 하나
온통 설레임 꿈같던 날들
때로는 강물에 종이배 띄우고
아기 사슴 되어 꿈동산 뛰놀고
그렇게 행복했던 긴 여정은
한 여름 밤에 꿈이었나.

그런 사랑 한 번 해보고 싶어요

저렇게 예쁠 수가
저렇게 멋질 수가
첫 눈에 눈은 멀고
가슴은 콩닥 콩닥
난 어쩌면 좋아
그런 사람 어디 없는지

친구처럼 스스럼 없이

단 번에 손잡고
응석도 ㅋㅋ ㅎㅎ 부리고
몰래 몰래 둘이는 마음 나누고
사랑의 늪에서 헤어나지 못하는
그런 사랑 어디 없는지

그런 사랑 한 번 해보고 싶어요.

인연

불가에서는
삶이란
인연 따라
사는 것이라네

슬픈 인연도
기쁜 인연도
모두가
날 좋아해 찾아 온
손님인가 봐.

별 하나

어느 해 푸른 여름 밤 하늘
은하수 건너 흩뿌려진 별 숲 속으로
빠져들던 밤
당신은 저만치 떨어져 빛나는 별 하나
가리키고는
그별은 내별이라고 말했었지요
왜 그러냐고 물으니 어쩐지 그 별은
외로워 보인다고 했었지요
그리고는 날 외롭지 않게 잘 해준다고
새끼손가락 걸었었지요

왜 당신은 뭐가 그리 급해
서둘러 가셨나요. 날 외롭게 남겨놓고
청 푸른 밤하늘에 당신이 가리키던 별
오늘은 당신의 별이 되어 찾아 왔네요.

해변에 연가

우리는 어깨동무 하고
해변을 마냥 걸었었지요
갈매기는 까르르 까르르 따라오고
우리는 새우깡 팝콘 던져 주고 던져 주고
파도는 사르르 사르르 밀려와
발등에 하이얀 포말로 부서지고

모래성 캔버스에
사랑해 당신을 영원히 당신을
쓰고 또 쓰고
저 멀리 수평선은 행복한 냥
하늘을 받아 안고 있었지요.

사랑의 언어5

야호!
어서와
짝짝짝
너 많이
보고싶었어

나도
오빠 많이
보고싶었어요

요요요
귀여운 Baby
누구 Baby지?

누구는
오빠 baby지.

그대는 풀꽃

그대는
풀꽃

바람이
달래주고
있었다.

제6부

이루어지겠지

이루어지겠지

저 스님은
무슨 뜻으로
독송을 하시나

아제아제 바라아제
바라승아제 보리사바하
알 수가 없네

정성으로
비는 마음
이루어지겠지.

* 아제아제 ~ 사바하 : 반야심경 글

저 노을 보세요

사랑은4

소설 속에도
희곡 속에도
노래 가사에도
온통 사랑 이야기네
왜 그럴까?

그걸 몰랐나요
하나님은
믿음 소망 사랑 중에
사랑이 으뜸이라고
하셨어요

그럼 멋진 사람 만나면
마음이 들뜨고 사랑하고픈 것도
하나님 뜻인가요?

그러믄요

걱정 마세요

사랑해보세요

이 세상 좋을 거예요.

오늘도 보고픈 그대

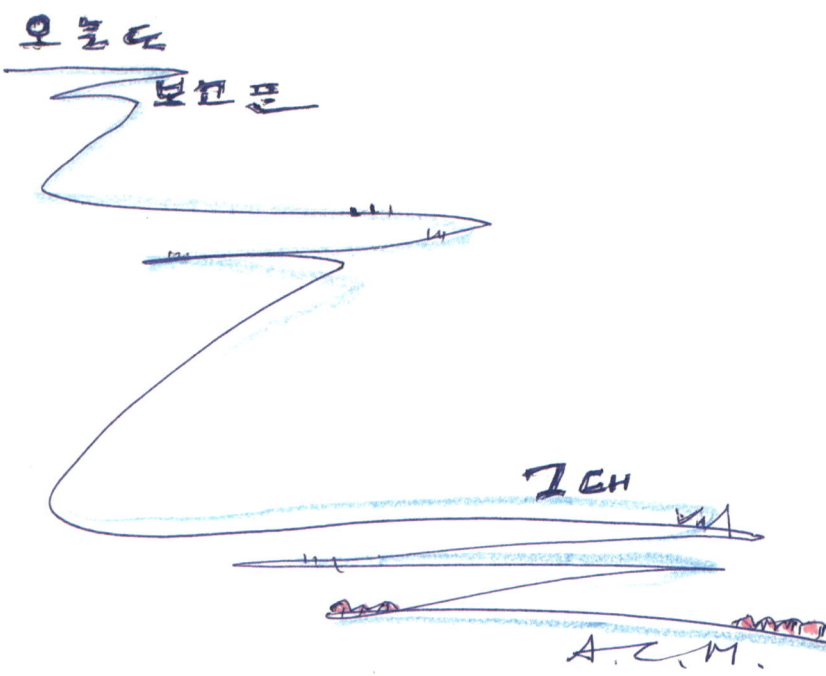

잠시 인연

.

사랑하는 님
떠났다고
그렇게
슬퍼 말아요

그도
조금은 당신을
사랑하고 있을지
모르니까요

그대
행복하기를
기도해 드리세요.

행복5

손자와 할아버지는
손잡고
오일장 시장 구경 가고

먹쇠는 소 꼴 베러 가고
아내는 쑥개떡 찌고 있고

삼식이는 산딸기 따서
옆집 순희에게 주고.

* 꼴 : 소가 먹는 풀

가을 운동회

잔치 잔치 벌렸네
초등학교 운동회
만국기 휘날리고
용진문 개선문
기마전 바구니 터치기
청군 이겨라 백군 이겨라
우리 아들 달리기 삼등에 노트 한 권
아이스케이키 얼음과자
솜사탕 군밤 있어요 소리 소리
이 마을 저 마을
할아버지 할머니
삼돌이 삼순이 다 모였네

날아라 새들아
푸른 벌판을.

여고 시절

애! 진숙아
영어 선생님 참 멋지지
그런데 말이야 매일 한 가지
와이셔츠만 입고 오셔
사모님은 세탁도 안해 주나봐

그런데 향숙아 너는
영어 선생님 관심 많구나
혹시 좋아 하는 건 아니니
아냐 그냥 보이니까 하는 말이야

영어 선생님 총각이라던데
넌 어떻게 알았니
음~, 다른 애들은 다 알고 있어
애인은 있으려나
그건 나도 몰라
가정 선생님이 좋아 한다는 말도 있고.

우리는 연인8

펑펑 눈 내리던 크리스마스 이브 날
그이와 함께 데이트 하던 날
생각이 나네

소나기 빗발쳐 내리던
어느 여름 날 카페에 앉아
난 아메리카노
그이는 핫초코 시켜놓고
가위바위 놀이
생각이 나네

잠은 오지 않고
밤 깊어 지새우는 밤
그이와 함께 했던 지난 일들
파노라마 필름으로
생각이 나네.

강변길 추억

첫사랑2

어제도
오늘도
그대 생각
보고픈 그대.

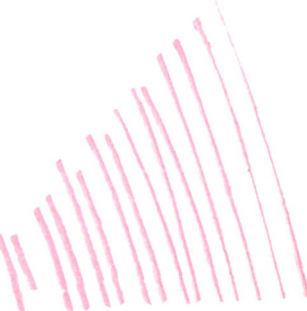

병원에서

아버님 잘 주무셨어요
어디 아픈 데는 없었어요

백의의 천사 다가오면
온 세상 흰 눈으로 덮인 듯
포근하네

하늘에서 내려왔나
저 예쁜 아가씨
우리 며느리로 함께 살면
얼마나 좋을까
얼마나 좋을까.

* 백의의 천사 : 간호원

둥지

저에게는 두 개의 둥지가 있답니다
밤에는 단 꿈 꾸는 가정 둥지
낮에는 땀 꿈 꾸는 회사 둥지

회사에 가면
아버님 같은 회장님 웃음으로 반겨주고
형제자매 같은 동료들은
오늘도 파이팅 에너지 넣어 주고

청소부 아줌마 급식실 아줌마
누님 같은 미소로
아가씨님 총각님
언제 결혼 국수 안줄 거요
재촉을 하네

오늘도 우리는

함께 하는 인연 둥지 속에

가득 가득 행복을 채워 간대요.

그대는 풀꽃 나는 이슬방울

그리워
보고파
밤길 걸어
이른 새벽에
풀꽃 찾아온
이슬방울

아침 햇살에
부끄러워
어쩔 줄 몰라 하고
풀꽃은 설레어 옷깃을 여미고.

천년사랑

그대는
둥근 달

우리 사랑
두둥실

천년 사랑
두둥실

그대와 나
두둥실.

먼 곳에 그대

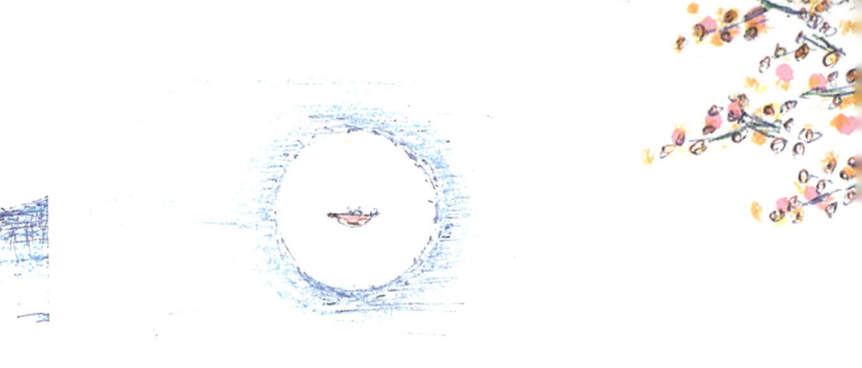

우리는 연인9

우리는 마냥
수수밭 길 걸었지요
달님도 따라왔지요.

그대 그리고 나

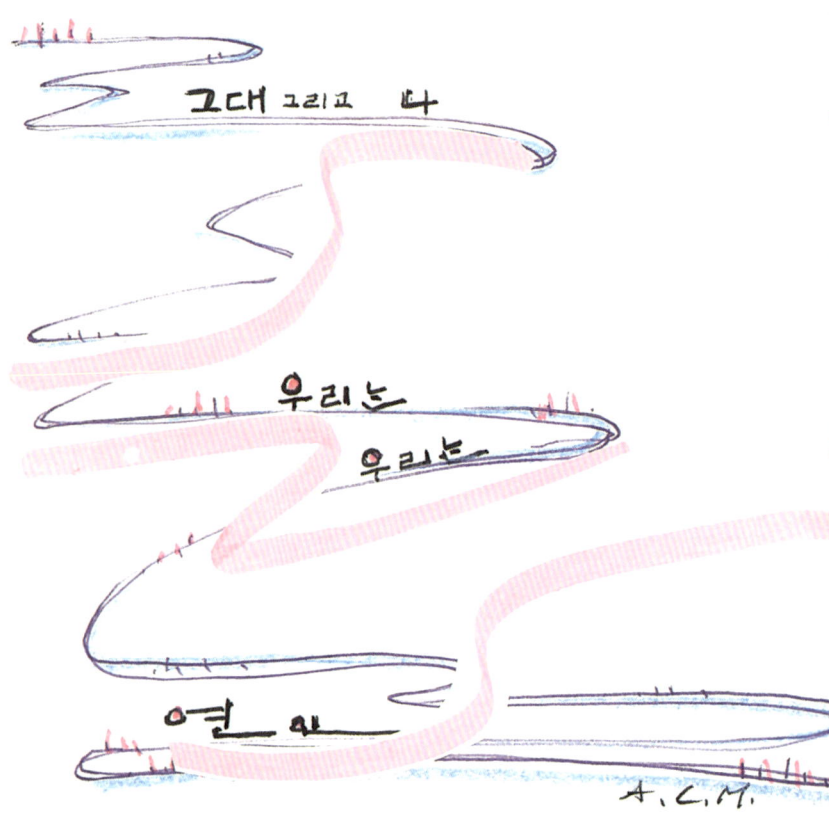

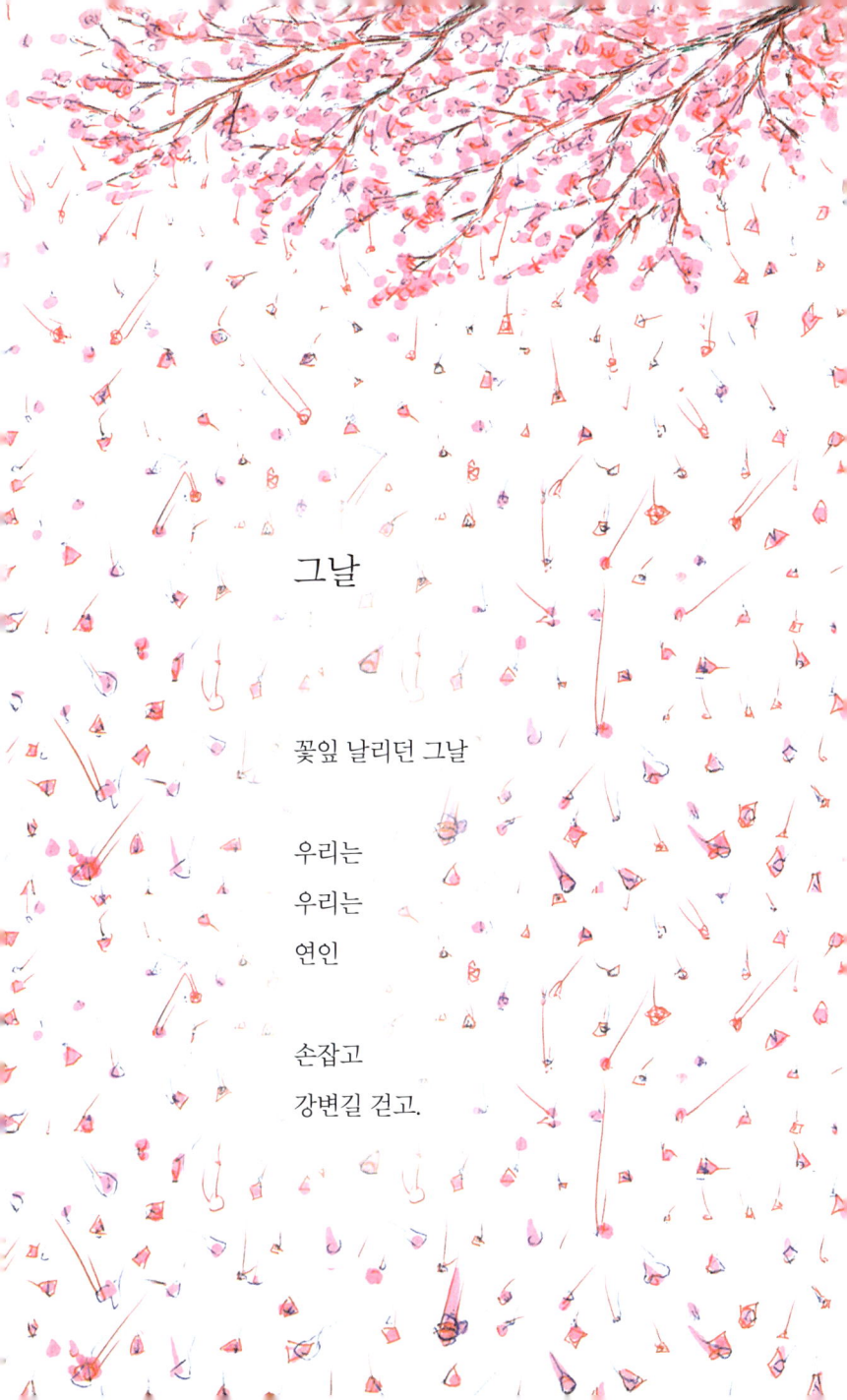

그날

꽃잎 날리던 그날

우리는
우리는
연인

손잡고
강변길 걷고.

꽃들 이야기

야, 멋지다 복사꽃아
넌 어디서 그 옷
사 입고 왔니?
응, 저 산 너머 마을

그래, 야! 배꽃아
너는 그 옷 어디서 사 입었니?
응, 난 저 강 건너 마을

야! 홍도야
넌 어디서 그 옷 사 입고 왔니?
응, 난 언니가 입던 옷이야
예쁜데
그래 새 옷 같은데
입던 옷이야
미국 언니가 보내온 거야.

사랑의 언어6

오빠 난 어디가 예뻐
글쎄나
왜 말을 안해

음~, 마음이 예쁘지
에이, 마음 말고
그러면 코가 예쁘지
에이, 코 말고
음~, 눈이 예뻐
진즉에 그렇게 말하지

알았어요
난 바보 온달이에요
평강 공주님.

| 문학활동

김명수(충남문인협회회장)시인 시집(아름다웠다)출판 기념, 나태주(전:한국시인협회회장)시인과 사모(김성예)님과 함께 유성계룡스파텔(2018. 10. 23.)

| 미술활동

31년전 권여현(현: 홍익미대교수)화가의 37회 창작미술협회전을 축하하며, 마로니에공원 한국문화예술진흥원 미술관(1992. 9. 18.)